O AVARENTO

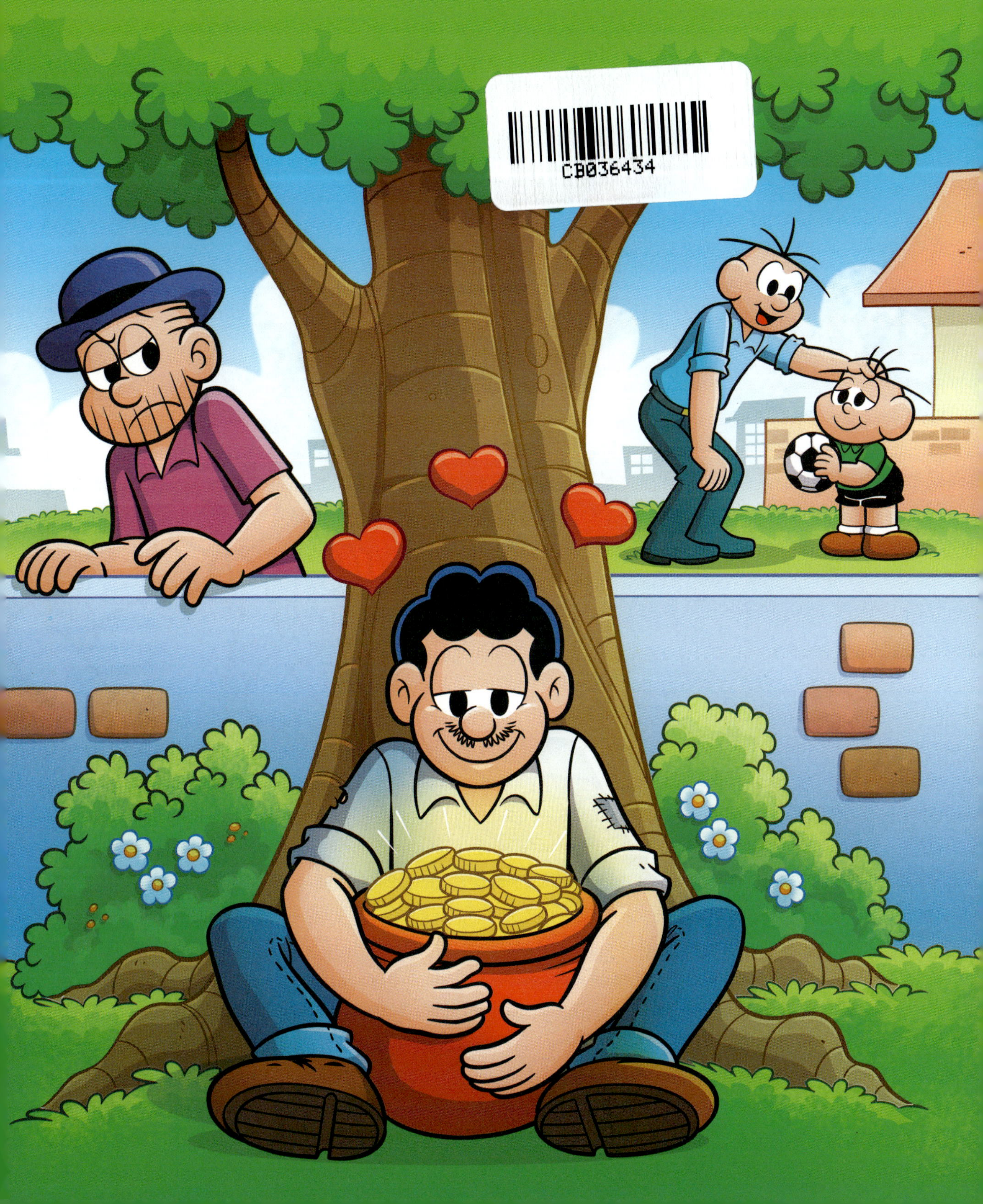

Num jardim repleto de árvores, arbustos e flores, um homem procurava o melhor lugar para enterrar o seu tesouro, o rico dinheirinho que juntou durante anos a fio.

— ACHEI! ESTE É O LOCAL PERFEITO! AQUI VOCÊS ESTARÃO SEGURAS, MINHAS QUERIDAS MOEDINHAS — COM UMA PÁ, O HOMEM CAVOU BEM FUNDO A TERRA.

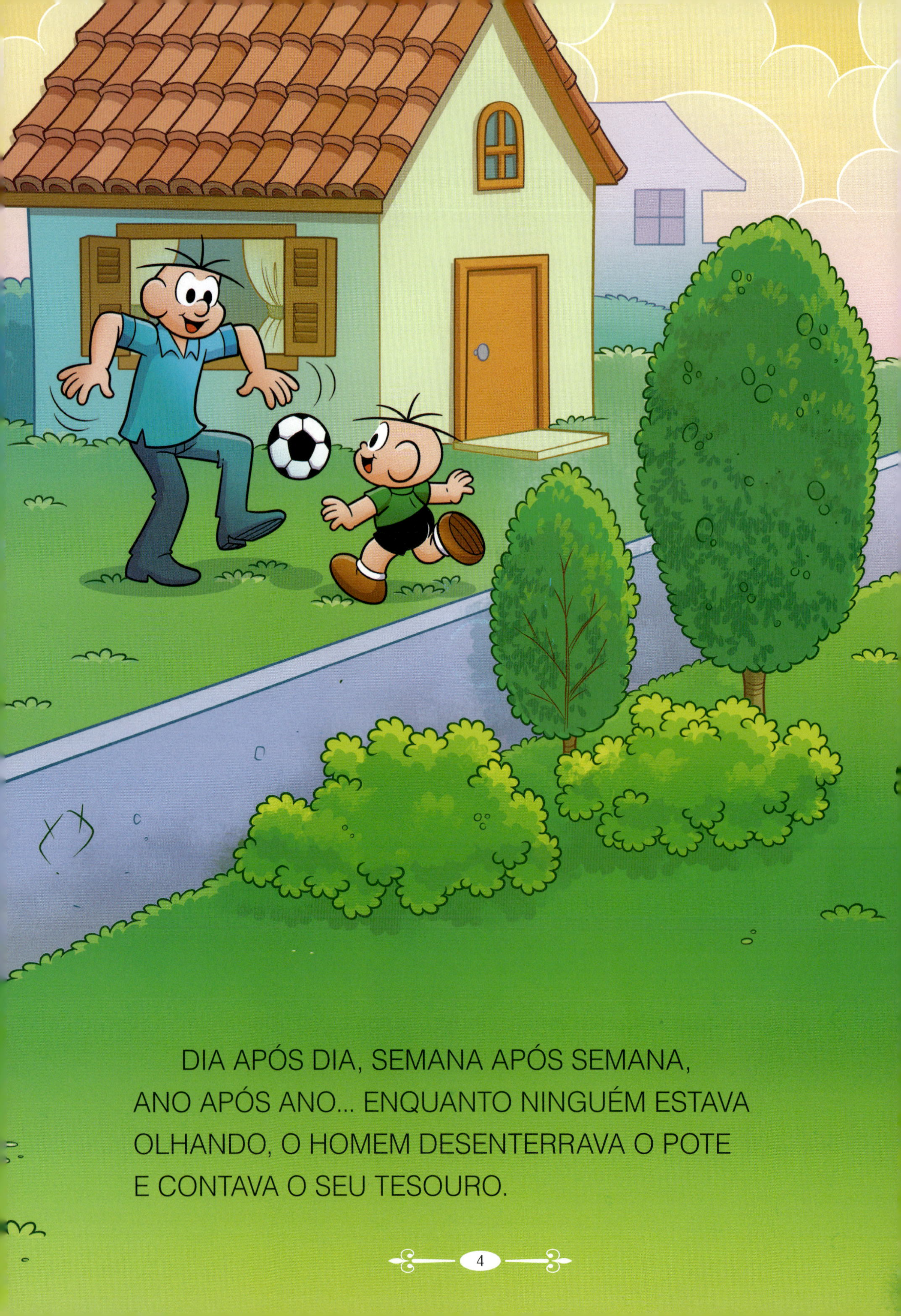

DIA APÓS DIA, SEMANA APÓS SEMANA, ANO APÓS ANO... ENQUANTO NINGUÉM ESTAVA OLHANDO, O HOMEM DESENTERRAVA O POTE E CONTAVA O SEU TESOURO.

— UMA, DUAS, TRÊS... VINTE... CINQUENTA... DUZENTAS... MIL, QUINHENTAS E OITENTA E SETE... CINCO MIL! AH, AQUI ESTÃO TODAS VOCÊS, MINHAS PRECIOSAS MOEDINHAS!

E DEPOIS ENTERRAVA DE NOVO O POTE DE OURO.

DE TANTO IR AO JARDIM, O HOMEM DESPERTOU A CURIOSIDADE DE UM LADRÃO DE GALINHAS, QUE PASSAVA VEZ OU OUTRA POR ALI.

— O QUE SERÁ QUE ESSE MALTRAPILHO ESCONDE NO JARDIM?

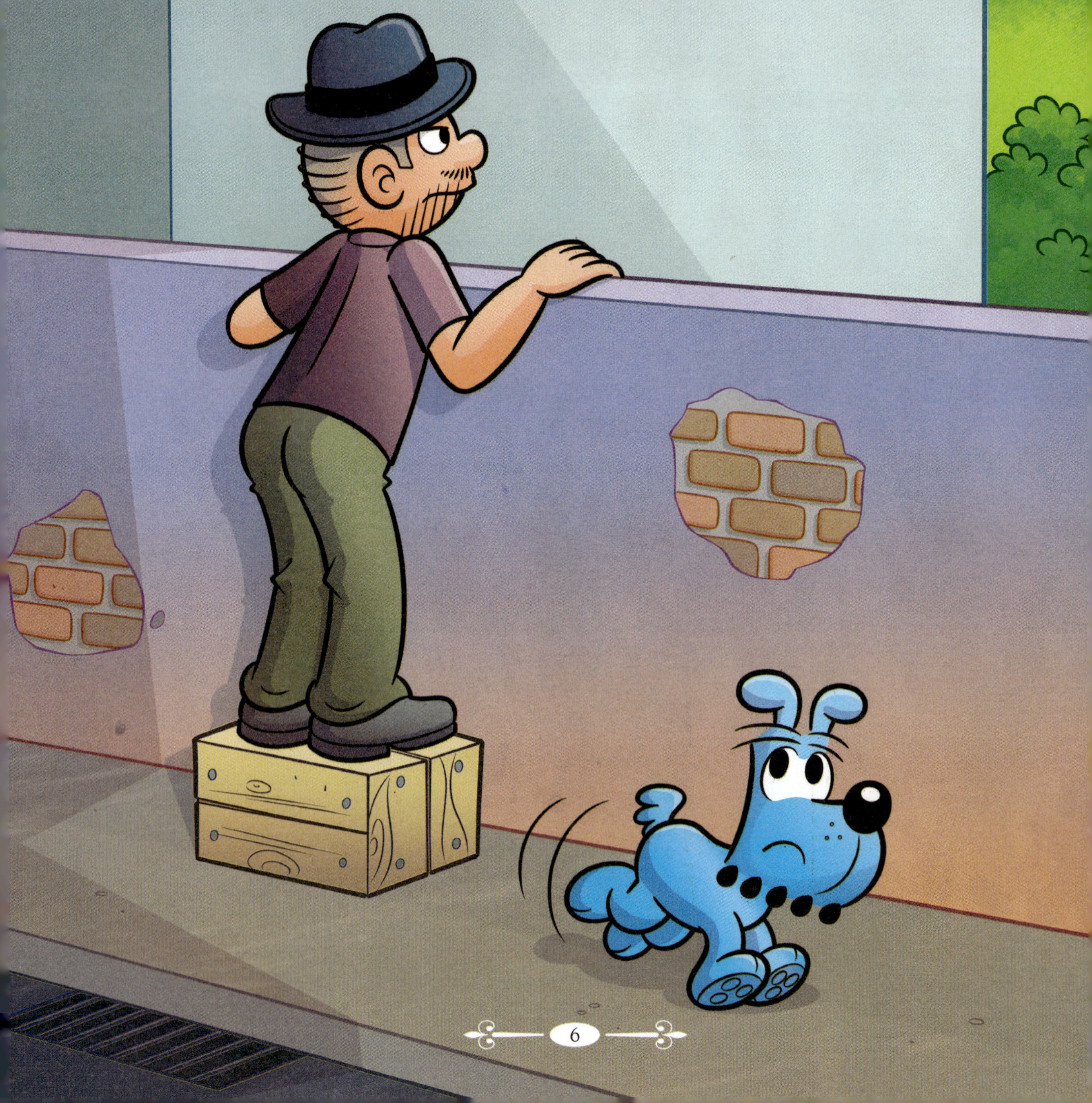

O LADRÃO NÃO TINHA A MENOR ESPERANÇA DE ENCONTRAR UMA FORTUNA NO QUINTAL DE UMA CASA TÃO HUMILDE... MAS PRECISAVA SABER O QUE HAVIA AO PÉ DAQUELA ÁRVORE.

NA CALADA DA NOITE, QUANDO TODOS DORMIAM, O LADRÃO FOI ATÉ O JARDIM E, COM AS PRÓPRIAS MÃOS, COMEÇOU A CAVAR.
ELE MAL ACREDITOU QUANDO VIU QUE DENTRO DO BURACO HAVIA OURO DE VERDADE!

— ACHADO NÃO É ROUBADO! AGORA ESSAS MOEDAS SÃO MINHAS! TODAS MINHAS!

E, PARA NÃO DEIXAR RASTRO, TAPOU BEM O BURACO E PARTIU PARA GASTAR AQUELAS MOEDAS COMO BEM ENTENDESSE.

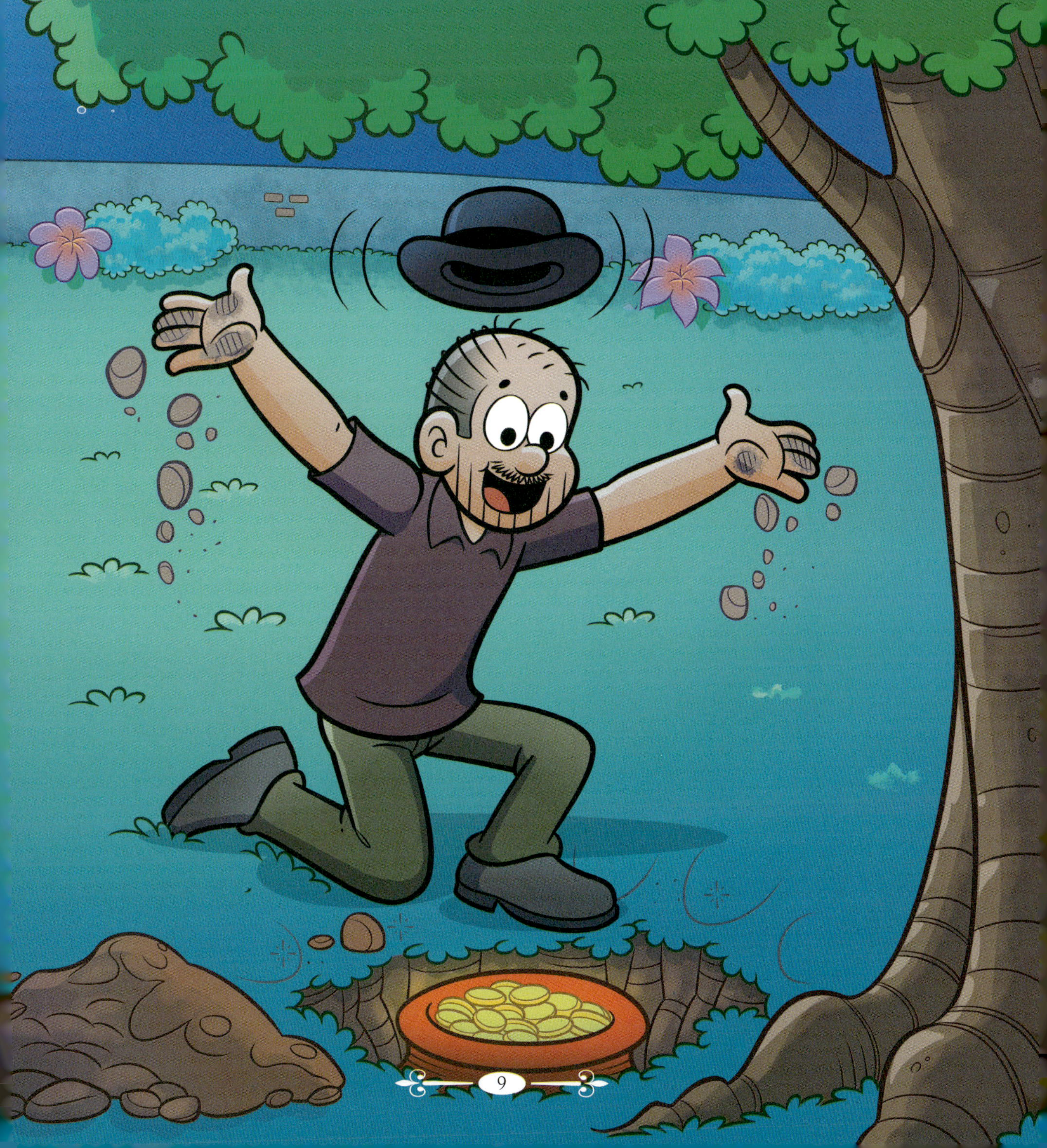

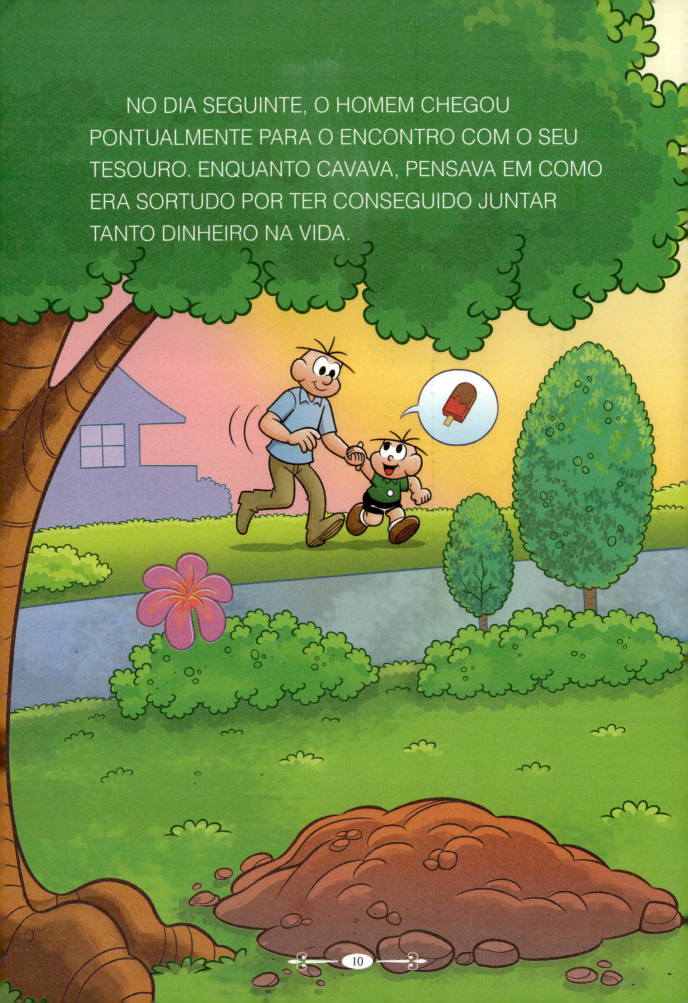

NO DIA SEGUINTE, O HOMEM CHEGOU PONTUALMENTE PARA O ENCONTRO COM O SEU TESOURO. ENQUANTO CAVAVA, PENSAVA EM COMO ERA SORTUDO POR TER CONSEGUIDO JUNTAR TANTO DINHEIRO NA VIDA.

— HÁ, HÁ, HÁ... COMO SÃO TOLAS AS PESSOAS QUE COMPRAM ROUPAS E CALÇADOS! PREFIRO USAR MINHAS ROUPAS VELHINHAS. E QUE BOBAGEM É ESSA DE DAR PRESENTES... EU SEI COMO ECONOMIZAR! — DIZIA.

O HOMEM CAVOU BEM FUNDO, MAS... NADA!
— MAS... ONDE ESTÁ O POTE DE OURO?! — GRITOU DE-SES-PE-RA-DO — SERÁ QUE ESTOU FICANDO CADUCO E ONTEM MUDEI O ESCONDERIJO DE LUGAR? SÓ PODE SER ISSO!

ENTÃO, O HOMEM COMEÇOU A CAVAR OUTROS BURACOS. COM OS CABELOS DESGRENHADOS E OLHOS VERMELHOS DE TANTO CHORAR, ELE DESISTIU, INCONFORMADO COM A PERDA.

O VIZINHO, PREOCUPADO, QUIS SABER O PORQUÊ DOS LAMENTOS DO POBRE HOMEM, MAS FICOU INDIGNADO QUANDO SOUBE DA HISTÓRIA:
— POR QUE NÃO GUARDOU O SEU OURO NUM LUGAR SEGURO, ONDE PUDESSE PEGÁ-LO QUANDO PRECISASSE COMPRAR ALGUMA COISA?

— COMPRAR! — EXCLAMOU FURIOSO O HOMEM.
— EU JAMAIS USARIA MEU OURO PARA COMPRAR QUALQUER COISA, FOSSE O QUE FOSSE! NUNCA PENSEI EM GASTAR UMA ÚNICA MOEDA! SNIF, SNIF...

— O QUE O LADRÃO FEZ NÃO FOI CORRETO, MAS... E VOCÊ? TINHA UM TESOURO, MAS MORA NUM CASEBRE E NUNCA AJUDOU OS PARENTES QUE PRECISAVAM — E ENTÃO ATIROU UMA GRANDE PEDRA NO BURACO E COMPLETOU:

— AGORA, ENTERRE ESTA PEDRA. PARA UM AVARENTO COMO VOCÊ ELA TERÁ O MESMO VALOR QUE O TESOURO QUE PERDEU!